# 俺の帆よ

おおしろ建　句集

コールサック社

おおしろ建句集

# 俺の帆よ

目次

# Ⅰ

# 睫毛の送電線

一九九三〜一九九四年

四二句

背中から白い疲れが抜ける初空

睫毛の送電線　虹すかすかに切り取られ

言葉というパンドラの箱割るお前

百の眼の熱い求愛舞う孔雀

パピルスや古代の記憶ナイルの眼

風の道　土星の輪っか転がった

逃げ水や逃げ上手なあなたです

四十という死重に穴の開く道化

竜舌蘭よ空の話を語ろうか

蛍飛ぶ廃墟の村の記憶炙り

蛍火やぽつぽつ老樹の声を翻訳

星座剝がせば蛍ぽたぽた墜ちてくる

春風のふくみ笑いであなた改行

月の嘘吐き出し咲いた月下美人

海鳴りが化石となった那覇の街

台湾紀行5句　一九九四年八月十二～十五日

霧割れて日月潭のみどりの瞳

霧のコート脱いで裸身の日月潭

台中の街やモダンアートの絵が跳ねる

白鳥ら湖面の皺を掬い取る

涼走る石の表皮のひと呼吸

たそがれの化石は海にもどします

カラフルな死が似合うのか真夜の自販機

気化作用のあなたが語る夏の軌跡

返事延び延び明日の風はピアニシモ

かき氷頭蓋の奥を蛍火擦過

ぷちぷちと詩の卵など嚙む少女

闇どろぼう虹を食べてるかたつむり

耳たぶのように伸びてる雨足だ

沸騰の夕陽子守唄の花びら

あばら骨へもぐるぺらぺらの月

水平線ポキポキ折ってポケットへ

紙一枚捨てる軽さの秋の空

青畳モンゴル平原泳がせる

月天心耳だけになる深海魚

水平線は止り木夕陽宿る癖

満月のすべり台となる高速道路

天と地のパイプ吹いてる牛蛙

秋澄むや水にほころびあるという

木枯しの切り口蒼い味がする

甘蔗《キビ》の穂の海跳ね遊ぶ月の子ら

感性はひらたい魚うすくはがれる

初恋　歳月のかなたへ抜ける弾丸

# Ⅱ

# 地球の墓標

一九九五〜一九九六年

三九句

去年今年金属疲労の棒になる

義眼のような初日砕ける琉球独立

地球の墓標のような夕陽転がす

黒部・アルペンルート紀行3句　一九九五年八月十八〜二十日

金沢の夜を芭蕉翁が耳打ちす

空は虫食い蚯蚓バス群れ安房峠

魂の抜け殻こぼす老白梅

伊江島紀行3句　一九九六年三月十七日

ピョコン出る伊江島タッチュー地球の出べそ

菜の花の身売り首までのシートベルト

いそぎんちゃく太古の叫びゆらし咲く

一行が明らかにする風の卵

夜の教室チョウザメがずいーぃと横切る

背骨歪み文語体になる朝

カナダ紀行9句　一九九六年七月二十六日〜八月二日

空入れて虹の尾を曳くナイヤガラ

瞳のぶんだけ湖になる青いカナダ

マグリット宇宙の卵の句点打つ

国境線ぐぐっと銀漢跨いでる

時差ぼけの脳わぁんふぁあん水膨れ

河叩き滝の孵化待つユリカモメ

氷河崩壊ボウ湖の蒼い目覚め

ふとっちょの雲ロッキー山脈逃げてゆく

無機質の空を固めて青氷河

ぺちゃんこの空缶　青空の崩壊

風産まるアンモナイトのつむじより

バス呑んだ満月魔界の出入口

高圧線が五、六十本風の河になる

百合活けて新たな風の呼吸待つ

「遠野物語」頭を抜ける声あまた

セロファンの羞恥が燃える夜の市

風葬や死者は水平線睨むだけ

哀悼の眼《まなこ》の轍や葬の列

闇の繭紡ぐお前にイエローカード

臆病な空のポケット月の穴

ピカソ青ざめ身売りの月がどもってる

Ｊａｚｚの香のしっぽ渦巻く十三夜

坂道をじょうずに畳む女《ひと》がいる

内視鏡地球にポリープありますか

鍋底を叩き続ける喘息の児

ちゃんこ鍋小さな虹を放り込む

立ち眩みのような一日の押しピン

# Ⅲ

# 眼球は百科事典

一九九七〜一九九八年

四八句

子供らがリンゴのように浮く初湯

半熟卵　宇宙擦過のように呑む

眼球は百科事典か夕日のワイン

賞味期限切れそうなあなたの行間

夜の印刷室ホタルイカになる白紙

二つ折りで吐き出される白紙の憤死

アマリリス宇宙のほら吹き童子です
「父さんのお話まぁ〜だ」布団の目玉ら
ゆで卵つるんと地球剝くように

浜下り吟行3句　一九九七年四月八日

サザエ喰う海峡の闇鳴り響く

浜下り《ハマウリ》の女は不浄のネガを焼く

月光の素足跳ねてる万座毛

ヘールボップ彗星の尾にさらわれて恐竜絶滅

春キャベツ柔らかにもがれる琉球弧

茶柱も倒され白く灼ける琉球

肉食の果てに闇喰うゲンジボタル

「頭切り捨てよう」トカゲのしっぽ笑ってる

眠れぬ夜テレビの内臓掻き回す

戻らない時の尾綴じるホッチキス

私生児の月の子育てる深海魚

くるくると空を巻き上げ月の出番

しくしくと居待月がナイフ研ぐ

月からのモールス信号笑う猫

後ろ足で錆びた耳こする野良犬

久高島紀行3句　一九九八年二月二十八日

笹鳴きの神島や空は共鳴板

白波の背びれ従えノロら来る

春風や地球のてっぺん歩こうか

万葉の旅紀行3句　一九九八年四月十〜十二日

月光の投網か吉野のしだれ桜

月の暈さくら吉野を統べている

巨勢寺や椿ぽとぽと吐血して

片袖から蝶ら湧き舞う沖縄慰霊の日

空重く靴音潰れる喜屋武岬

眠らない孤独凹凸で迫り来る

北海道の旅2句　一九九八年

イクラ喰う北海道の背が痒くなる

ポンポンと闇の栓抜く夜光虫

自死のごとうんうん唸る夜の洗濯機

生と死を往き来するや蝿の歓喜

人肌の嘘絡みつく黄昏ＪＡＰＡＮ

エイサー太鼓喉笛鳴らす路地の猫

受話器に月面浮かす子らのささやき

娘の巻き毛へ音符がからまる秋の空

喘息の児はヒューーヒューーと地球嚙む

沖縄中部の歴史巡り紀行2句　一九九八年十一月二十八日

西海道の石橋くぐる神の眼

黄金の田圃ら谷間泳ぎ出る

子子はくの字くの字で水面弾く

うふっと改行今日も恋の肩慣らし

国民のうなじにバーコード選別する国家

咳き込んで母は狂ったネジになる

# Ⅳ 水平線は綴じ紐

一九九九〜二〇〇〇年

初日の鍵盤飛龍の耳起こす

初嚙みのジュゴン宇宙へ泳ぎ出す

水平線は綴じ紐　抜けば無数の空が羽ばたく

二月の東京の旅5句　一九九九年

ネクタイが寝そべる飽食の東京

蚕のように寂しく夜を吐く電車

凍蝶のままで砕ける俺の東京

挫折にも似て北風の耳尖る
みな独りぼっちワインレッドの陽を沈め
朝までのパソコン宇宙《ソラ》から銀河降る

梯梧散る島の子供が消えてゆく

「テロしかない」口臭強く匂う五月

滝が一本地球に穴を開けている

子どもの国吟行5句　一九九九年三月十三日

サバンナの風動き出す夜の動物園

まばたきもせずにキリンの遠い空

屁理屈を逆さに巻いてオオコウモリ

耳目鼻順序に畳むカバの潜水

子の寝息が伸び縮みする月の暈

貘忌や世紀末まで夢かじる

バンコク・アユタヤ紀行5句　一九九九年七月二十一～二十四日

犬らの独立宣言　寝釈迦像の半眼の笑み

首落ちた仏像夕陽生えだして

子宮のメナム河　執行猶予の魂沈め

カタカナの陽射しが刺さるアユタヤ遺跡

夏の果てゴブラン織りのアユタヤほぐす

言の葉の鱗降り舞う森林浴

電光板寝耳にミミズ生えてくる

風のシュート虹のゴールやゆれ止まず

増殖する闇へバターナイフ入れる初夏

抜歯するグイッと背骨抜くように

アメンボら機械仕掛けのオール漕ぐ

カーソルの残像きゅるる夏嵐

石川市の自然と歴史めぐり紀行2句　二〇〇〇年三月十九日

貝塚のネジバナ古代の風を巻く

春満月児らは自転車空へ漕ぐ

偏西風きりりと地球の帯締める

夜はあたたかい舌だオートバイの自爆

携帯電話　眉間に刺さる流言飛語

死者とのハーモニー交わす琉球泡グラス

伊平屋島・伊是名島紀行3句　二〇〇〇年七月二十二日

皆既月食や「天の岩戸」の声帯切れる

炎昼のクマヤ洞窟燃える肺

さざえ喰う風の産道うず巻いて

モンゴルのマンホールチルドレン4句

目玉伸びてマンホールチルドレンの皆既月食

陽光を束ねて寝るマンホールチルドレン

モンゴルの風凍り墜ちる水晶の夜

金星までマンホールチルドレンの手が伸びる

葡萄喰えば地球の肺胞膨らんだ

炎帝に媚びを売ってる雨蛙

肩に白い疲れが生える夕暮の妻

陸蟹の胸ふるわせて月の放卵

朝日飲みよろめく地球の大あくび

ヒトゲノム肉体螺旋にほどけそう
帆船の背中で朝日閃めきて
台風の眼から不登校児ぽろろこぼる

月のクレーターに棲むヤシ蟹の孤独

有給休暇浮雲ばかり抱き締める

銀河鉄道　賢治の心臓は青いシリウス

# V　JAZZ流る

二〇〇一〜二〇〇二年

# 四八句

受精卵の初日浮かべる大海原

初凪や久高島まで神渡る

「甘藻《あまも》が好き」ジュゴン大きなあくびする

ジュゴンらの光のゆりかご甘藻《あまも》を散歩

海草のぷぷぷぽぽぱと酸素吐く

芳一のちぎれた耳か寒椿

インドネシア詩朗読会2句　二〇〇一年四月二十六～二十八日

椰子の葉に光りのシャワー降るジャカルタ

草木の発語やジャカルタ朗読会

掌から木漏れ日の湧く子規堂

天を巻きヘゴは古代の百眼の蛇

梅雨深し密会の繭隠してる

恥骨の憂鬱歩き出す花曇

お喋りな舌を喰わせる昼の犬

ＪＡＺＺ流る陰《ほと》の向こうの雲の峰

血尿が虹になるまで枯野行く

9・11米国同時多発テロ5句

テロ孕む腐爛の満月マンハッタン

威張《イバヤー》る米国の崩壊始まる多発テロ

ツインタワー滝のごとくの崩落

鶏の首ぽんぽん刎ねる多発テロ

テロへの報復始まる髑髏の嗤い

夕陽のほてり孕んで縄文杉

ガジュマルの根は地の血管瘤が這う

月光のちろり這い出すコンセント

二十歳《はたち》の死　月は天心ズレたまま

コラージュの顔持つ女や虹の果て

三日月は音叉宇宙の声を響かせ

夕焼けの孤独を曳いてモノレール

沈黙は風になびいたうぶ毛なの

星月夜ストレッチする象形文字

修正液ぽたりヒト科消える秋

スケボーに乗って子犬は風をマフラー

鬣《たてがみ》から木枯し抜ける空中散歩

戦車のごと齢を攻めるカブト虫

梅雨前線背骨を鳴らし歩こうか

ＢＳ「俳句王国」２句　二〇〇二年六月二日

朝凪をめくればダリの顔がある

手の甲に口紅残る桜桃忌

ヨーロッパ観光4句　二〇〇二年八月八～十六日

唇がさびしい無月のドーヴァー海峡

月天心セーヌ河は銀の帯

ハイウエイの皮を剥いでる熱波

ぎっくり腰の月は「く」の字でムンクの叫び

口中がガラスの破片や要らぬ一言

潮騒を真空パックにアオサ汁

プールを出れば犬かきに似た日常

逆立ちの野が美しく妻の愚痴

混迷を切り裂き虹へロングシュート

窓の眼を太い颪よぎる葬の夜

耳鳴りが錐に変わるや亡国の歌

マジメがつまらねえ時代へ洗濯物干す

# Ⅵ　宇宙のカオス

二〇〇三〜二〇〇四年

# 三六句

若菜摘む環太平洋が紅くなる

鼻ピアスの少女ら湧き出る蛇の穴

花冷えや睫毛にダリの青いしずく

春風をマニュキアにするパリの旅

つちふるやキスが上手な娘《こ》であった

回遊鯨こんな地球に棲み飽きて

菜の花や水平線が崩れてる

梅雨曇今日も泥酔の犬である

我も獣《けもの》水澄む街の夏少女

擬態語がぴょこんと跳ねて別れ

空梅雨へ放り込もうか犬の遠吠え

蛍火がぽっと咲いてる胸部レントゲン

奄美大島紀行2句　二〇〇三年七月三十日

反骨をぐっと握るヒカゲヘゴ

雨粒を鈴なりにして蜘蛛の留守

ぼきぼきと岬もぐよにコーンもぐ

渦巻いて宇宙のカオス白い便器

月光降れば足裏あぁと啼く

小走りであなた追ってる空は井戸

風景よ止まれ戦火のイラクの親子行く

イラク派兵ジングルベルの散弾浴びて

縄文杉よ神の花嫁の句友が逝く

すすき野の水脈《みお》となるのか風の轍

ミジンコ跳ねて別れ始まるジャズピアノ

脳味噌がこぼれてしまう熱帯夜

逢引きを二分している片降り《カタブイ》

満月の耳たぶ噛んで受胎告知

くりくり坊主撫でれば未来きゅんと啼く

少女らの恥じらい隠す水蜜桃

虹も根が生え動かぬ綱の那覇祭り

捨鉢のごと地を叩く比地《ひぢ》の大滝

滝落下無数の風の羽音する

口笛高く北風を生むアンモナイト

黒ぐろと犬は水銀灯に喰われてる

青空さえも脅迫観念となる琉球

星屑をまぶしてリラの花薫る

海鼠《なまこ》踏むひゅいっと雑念からみつく

# Ⅶ　こころに包帯

二〇〇五～二〇〇六年

五四句

初日浴びシャワーは孔雀の羽になる

初明リストラされる琉球弧

封印の記憶吹き出す鬼餅寒《ムーチービーサ》さ

青空をネジ巻き騒ぐ後生《グソー》の正月

空が高いからこころに包帯巻いている

満月光首がないまま散歩する

トルコ紀行5句　二〇〇五年三月

口開けて夕焼け食べるトロイの木馬

草原の泣きぼくろなの通り雨

沈む陽の最後の吐息か絹の雲

「さようなら」光の繭のイスタンブール

霧のイスタンブール回遊魚となる不眠症

霾や胸のケモノの匂い消す

古里の井戸を訪ねる4句　二〇〇五年五月

青空を捕まえるまで井戸を掘る

一族の歴史を映す井戸は瞳

ウインクの形のままに井戸閉ざす

本籍移動へその緒ぷつん切れる音

海開き水平線を囲む腕

雷鳴や宇宙の声が嗄れるまで

蝶の道記憶の紐がほどけゆく

神経を張り巡らすやしゃぼん玉

卵割るビルの谷間の大落暉

猿人の涙の墓標か珪化木

喜屋武岬風の化石が眠るという

夕焼けの衣をはがすアーサ採り

観月会4句　二〇〇五年九月

月光の海亀の背に孤独生え

寒月や地上に孤愁貼り付ける

回遊魚の君が居て満月燃えている

月光の芽がぽこぽこと黙認耕作地

母と娘《こ》のバトルの果ての花野かな

俺自身が煮凝りになる娘反抗期

恐竜たちのバカンスの咲くジュラ紀

水平線ほどけて蝶の迷い出る

ゆきずりも死語になってる雲の峰

本部富士登山紀行3句　二〇〇五年十月

恐竜の背ビレを歩く塔カルスト

神々の食い残しなのカルスト地形

ドリーネは子宮朝日の声を孕んでる

首里城祭

旗頭《はたがしら》の撓《しな》って弾く空の弦

虹吐いて地球にはらわたあるという

ほっぺたが破裂するから虹の産卵

闘牛観戦紀行3句　二〇〇六年三月

負け牛の白い悲鳴や昼の月

闘牛の眼が追えば爆《は》ぜる風の軌跡

勝ち牛の尾っぽ風車となる春光

桜一枚自尊の空へ吊される

天と地のすき間満たして紫雲木

水蜜桃少女ら腐れ易くなる

炎天や五臓六腑も煮て売られ

蝿がびっしり三半規管埋めている

蔓草の指先風の皺つまむ

谷底を持ち上げ蜻蛉群れて舞う

難破船の部屋うち捨てて旅に出る

烏賊の眼はさびしく空の底見あげ

ダリの髭くるりと跳ねて深まる謎

ドーハの夜明け砂漠の果ての白い帆船

青空を搾ったしずくのワイン飲む

# Ⅷ

# 俺の帆よ

二〇〇七～二〇〇八年

# 四八句

瘡蓋を剝いた初日や辺野古崎

オリオン座横倒しなら俺の帆よ

壁へ胸ぶつけるだけの駝鳥かな

薔薇匂う水平線をほぐしてる
お早うとお前は自死を謀るのか
お前には付いて行けない菜の花畑

春雨や地上を上手に消せばいい

春雷や子らの背中に翼生え

我らみなオートリとなる回遊鯨

＊オートリ（宮古島の酒座の風習）

アル中と呼ばれて春野の犬となる

ダンボの耳と苺の唇持つ海鼠

梅雨晴れの蛇口ひねれば恋愛体質

無駄口が地球一周や守宮鳴く

蒼穹の歯軋りとなる車輪梅

昼月に追われ不登校児の参上

東廻り《アガイマーイ》の神の舌打ち通り雨

熊野古道と紀伊半島紀行3句　二〇〇七年三月

杖一本石畳突けば空が啼く

碧空を割って投げ込む那智の滝

天空の蛇口全開那智の滝

蝿が来て誰も彼もが病んでいる

睡蓮は水輪のように嘘を吐き

青空をぼうふら行き来する沖縄忌

恋人らがポキンと折れて七夕

推敲を食べてばかりの獏忌かな

なめくじになりたくて殻脱ぐかたつむり

風はらみ女郎蜘蛛は空の船長

愛ゆえに囓りたいのよ恋蟷螂

銀漢を栞に挿む婚礼の日

夕焼けのＰ音弾く宮古《みゃーく》島言葉

雨月の舌を練り込んでいる島言葉《シマクトゥバ》

魔を祓う島操木《シマミサオノキ》や神の杖

宇宙より青嵐来る河馬の鼻

ふらここや井戸に嵌めたる土星の輪

洗濯機の渦より夕焼け生まれでる

前頭葉こすれば未来少し見え

凹の字にさびしいみぞれ溜まる亡国

タンポポの首を落とせば白い闇

何もない街を横断俺はジャズ

クソのような一日の終わりの虹の輪

渡嘉敷島紀行2句　二〇〇八年八月

ヒビ割れた死者らの声を拾う赤瓜

満月の海に腹みせ脱清人《だっしんじん》

雨一滴墜ちて水平線があふれ出す

認知症遠くに夏日が横たわる

入道雲の臍つり上げるクレーン車

銀漢を横抱きにする自閉の児

風の太い顔がぷわぁんと過ぎる通夜

落鷹やト音記号を胸に染め

忘年や屋根も鼓膜も張り替えて

# Ⅸ　るるる吐き出す

二〇〇九〜二〇一〇年

六〇句

女正月銀河の蛇口閉め忘れ

倦んでなお俎始めや君の口笛

初髪や水平線がほぐれゆく

黄砂降るパソコンぶつぶつ愚痴こぼす

しゃぼん玉ひかりの狂気を伝い飛ぶ

懐妊のジュゴンの胸から天の河《ミルキーウェイ》

クルミ割る地球の頭蓋つぶすよに

皇居ひと回り風が胸穴を吹き抜ける

崩落の夢の高さや揚雲雀

魔羅魔羅魔羅　摩天楼は孤高の口笛

口がさびしいから水平線をるるる吐き出す

脇甘く生きているのさ二月風廻り《ニンガチカジマーイ》

中庭へ雲海呼ぶや白詰草

天牛や虹の尾っぽを嚙み切って

雨が匂うからはらわたを見せようか

せんぷうき渦巻星雲の恋人か

止まる癖ある扇風機の独り言

危険な恋搔き混ぜるため扇風機

安田《あだ》のシヌグ紀行2句　二〇〇九年八月二二日

シヌグ山越えて雨雲どっと崩る

裸族らが犇めき声挙ぐ安田《あだ》シヌグ

マンホールの蓋を開ければ鯨吠える

皆既日蝕や人類はみな口を開け

人類すべて深海魚となる皆既日蝕

共犯のような夕陽と島豆腐

湯豆腐や雑言飛語も入れちまえ

禁断の香り敷き詰めダチュラ咲く

鍋蓋を開けて二心を攫う野分

ゆるされて耳だけになる酔芙蓉

死にたいという子の耳をそうじする

寝るのが怖いガツガツ闇が牙を出す

ホエールウォッチング紀行2句　二〇一〇年三月二十二日

連弾の虹の潮吹き旅鯨

別れの朝背面跳びの鯨の親子

うりずん南風《べー》手足に水かき生えている

一枚の茣蓙《ござ》と宇宙と添い寝する

唖蝉死すきゅっと地面ちぢめてる

午前零時蝉の心が折れる音

空蝉や夜の静寂を詰めそこね

スクが来る地球儀かろかろ廻り出す

スクガラス一尾一尾が独立宣言

＊スク・スクガラス（アイゴの稚魚）

闇幾つ張り替えたのか十七歳

骨盤も明るくゆるむ五月晴

大海のうぶ毛なびかせ夏至南風《カーチーベー》

羽抜鳥言葉の撲殺終わらない

ティッシュ一枚乗せれば消える基地の禍事

ベロのようななめくじが月の道昇る

海神祭紀行2句　二〇一〇年八月二九日

潮招くノロが呼び寄す塩屋ハーリー

櫂そろえ塩屋ハーリー孔雀の舞い

走り梅雨帽子も地平も斜めなり

青空へ爪を打ち込む花梯梧

百年も泳げばこころ錆びるだろう

机からこぼれ月まで蟻の道

背中見て育つなら背捨《せな》てる秋

天球を踏みつけ走る夜の稲妻

縄跳びの君の瞳の星座捕る

指紋消え電照菊がなだれ込む

接吻脱糞みな似たような虎落笛

トボロチや刺で隠した羞恥心

寝耳に水　鵺《ぬえ》のような冬至冷え《トウンジビーサー》
どうしようもなく便器から冬日あふれる
蝶結びのぐいぐい絞める年の果て

# 解説　沖縄の水平線から宇宙へ羽ばたく心象俳句

## ――おおしろ建第二句集『俺の帆よ』に寄せて

鈴木　光影

### 1

二〇二二年十月二十九日に那覇市で開かれた「沖縄10名の合同出版記念の集い」（主催・コールサック社）で、本句集の著者・おおしろ建氏（以下、建氏と称す）は『又吉栄喜小説コレクション全4巻』の紹介者として登壇された。又吉栄喜氏は「豚の報い」で第114回芥川賞を受賞するなど、沖縄を代表する小説家である。その又吉氏と親交が深いおおしろ氏は、書籍未刊行の44作品からなる『又吉栄喜小説コレクション』の、長編から掌編まで又吉小説の魅力を紹介された。その中で、当日出席することができた私の印象に残ったのが、コレクション1『日も暮れよ鐘も鳴れ』の作品内に引用されているギヨーム・アポリネールの詩「ミラボー橋」を、建氏が朗読された場面だった。詩の最終連のみ掲出してみよう。

《日が去り　月がゆき／過ぎた時間も／昔の恋も二度とはもう帰ってこない／ミラボー橋の
　下をセーヌ河が流れる／／日も暮れよ　鐘も鳴れ／月日は流れ　私は残る》

長年高校の教壇に立ってこられた建氏の現役時代の姿も彷彿とさせ、味わい深い美声でこの詩を朗読された。パリの夕暮れを行き交う恋人たちが目に浮かぶようだった。会終了後の懇親会で建氏は、詩朗読は恥ずかしかった、と少しはにかんでおられた。

建氏は一九九四年に第一句集『地球の耳』を、二〇一二年に第一詩集『卵舟』を出版されている。本書は第一句集以後の俳句をまとめた第二句集である。建氏は俳人であると同時に詩人であり、その文学観は広い。私は先ほどの朗読を拝聴し、詩「ミラボー橋」に流れているようなリリシズムこそ、ジャンルを超えて建氏の文学表現に通底しているものだと思った。

2

本句集は九つの章に分かれ、一九九三年から二〇一〇年までの十八年間に作られた句が二年ずつ編年体で収められている。

建氏の俳句の第一の特長は、眼前の現実からイメージを飛翔させ、作者独自の心象風景として深め、言葉の芸術として力強く再構築してゆくところだ。そのことの顕著な例として、次の「水平線」を使った句に注目したい。

水平線ポキポキ折ってポケットへ　Ⅰ章
水平線は綴じ紐　抜けば無数の空が羽ばたく　Ⅳ章
水平線ほどけて蝶の迷い出る　Ⅶ章
薔薇匂う水平線をほぐしてる　Ⅷ章
口がさびしいから水平線をるるる吐き出す　Ⅸ章

全てではないが「水平線」の句を挙げた。建氏は宮古島市伊良部島に生まれ、現在は沖縄本島に暮らす。青い海と広い空、その間を分かつ水平線はきっと見慣れた景色であるとともに、建氏の詩心の源泉でもあるのだろう。そしてそれは沖縄の海の彼方にあってそこから来訪神がやって来るという異界、ニライカナイ信仰とも無縁ではあるまい。

掲出の五句は、そんな水平線から、それぞれ独創的なイメージが生み出されている。

一句目、水平線を、海と空の境目をなす線であるという固定観念から一旦切り離し、幾何学的な「線」という抽象的イメージに変換させる。「ポキポキ」と折れる、程良い硬さを持っているらしい水平線は、建氏にとって、自らのポケットに入れられるくらい親しみ深い景色なのだろう。

二句目の水平線は「綴じ紐」として、まだ見ぬ「無数の空」を綴じ止めている。時が来てその紐がするりと抜かれるとき、沖縄の海上の空は豊かな表情を見せることだろう。

三句目は、遠景の水平線を越えるように近景の蝶がひらひらと飛んでいる実景とも読める。その一方で、ニライカナイを棲み家としている蝶が水平線に現れた、という心象風景としても読みたくなる。

四句目は、逆に陸上から、かぐわしい薔薇の香りが海の彼方まで届いて水平線を柔らかくほぐすという。水平線にまつわる建氏の想像力は、往くも還るも自在なのである。

五句目に至っては、自分自身の体、口から水平線を吐き出してしまう。ここでの水平線は、「るるる」のように一見無意味だが、その口には人が生きることの根源的な「さびしさ」が宿っているように思われる。建氏の俳句に通底する抒情とは、この句のように、内面世界が身体を通過して豊かなイメージとして形象化され、言葉として吐き出されたものなのだろう。

## 3

次に、建氏独自の表現を生み出す、身体性に優れた句を挙げてみたい。

睫毛の送電線　虹すかすかに切り取られ　Ⅰ章
耳たぶのように伸びてる雨足だ　〃
眼球は百科事典か夕日のワイン　Ⅲ章
月光降れば足裏あぁと啼く　Ⅵ章
うりずん南風《べー》手足に水かき生えている　Ⅸ章

一句目の「睫毛の送電線」は、送電線がたわんだ様子が、建氏には睫毛のように見えたのだろうか。「虹すかすかに切り取られ」は、スマホ画面など電気を通してしか世界と対峙できず、身体を使って虹のような美しい自然をじかに見ることを放棄している現代人の姿が描かれているようにも思われる。

二句目の「雨足」は沖縄のスコール「片降り《カタブイ》」だろうか。おそらく遠景から眺めているその雨の姿を「耳たぶのよう」と人体の部位を使って言い表す。耳たぶが大きい福耳を連想すれば、吉兆の雨かもしれない。

三句目は、見事な夕日を眺めていると赤ワインのような赤い光が心地よく体に染みわたってくる。こんなにも美しいものを見させてくれる眼球は、これからも百科事典のように様々な体験を作者にさせてくれるに違いない。

四句目、天から降り注ぐ月の光と、地を踏みしめる足の裏は一見遠い存在で、二者が関係することはなさそうだ。足裏の啼き声「あぁ」には、天と地、表と裏、光と闇の人知れぬ交感があるのだろう。

五句目、「うりずん」は沖縄の旧暦二、三月頃を指す。農作物の植え付けにほどよい雨が降るので大地の豊穣もイメージさせる。「うりずん南風《べー》」はその頃に吹く南風のこと。人間の持たない水かきを、水鳥やカエルなどの動物たちは持っている。沖縄に春を呼ぶ海風が、人間の動物的本能を蘇らせようとしているのだろうか。

## 4

さて、次の句などでは、建氏が生まれ育った沖縄特有の文化や風土や歴史を自覚的に俳句の題材として取り組まれているように思われる。

浜下り吟行
月光の素足跳ねてる万座毛　Ⅲ章

久高島紀行

白波の背びれ従えノロら来る　〃
虹も根が生え動かぬ綱の那覇祭り　Ⅵ章
喜屋武岬風の化石が眠るという　Ⅶ章
瘡蓋を剝いた初日や辺野古崎　Ⅷ章

一句目「浜下り《ハマウリ》」は、旧暦の三月三日に浜に下りて海水に手足を浸け身を清め、健康を祈願する行事である。古くは男子禁制で女性たちのみのものであったが、現在は老若男女問わず行われているようだ。「万座毛」は恩納村にある断崖絶壁の景勝地。昼間は近くの浜で浜下りの行事が行われたのだろう。夜、万座毛に降り注ぐ月光が、神々の遊びのように素足で跳ね回る。

二句目の久高島は沖縄本島の東の海上に浮かぶ小島で、女性神職たちが祭祀を担う島。祭祀をつかさどる世襲の最高神職であるノロが登場。「白波の背びれ従え」に、自然神と交感するノロの神聖さがみなぎる。

綱引きは沖縄の夏の風物詩として、もとは農作物や漁の吉凶を占う年占。三句目は、沖縄三大綱引き（与那原・糸満・那覇）の、那覇の大綱引きだろう。両陣営の綱を引く力が均衡し、大綱が「動かぬ」様子は、息を吞む迫力である。「虹も根が生え」からは、大綱のどっしりとした存在感が伝わってくる。

四句目の「喜屋武岬《きやんみさき》」は糸満市にある岬で、断崖上に具志川城《ぐしかわぐすく》跡があるとともに、沖縄戦の激戦地でもあり、多くの住民らが悲惨な最期を遂げた。「風の化石」とは、そのような岬の歴史を見届けてきた海風の記憶だろうか。

五句目、名護市の「辺野古崎」では、宜野湾市の米軍普天間飛行場をここに移転させ、辺野古崎地区及びこれに隣接する水域を埋め立て代替施設を建設する工事が強硬に推し進められている。国は普天間飛行場の危険除去を口実としているが、米軍基地という住民の暮らしを脅かす負担が恒久的に押し付けられる差別構造には変わりがない。太平洋戦争末期、一般人を巻き込んだ地上戦の地となった沖縄には、沢山の人々の血が流れた。時が経ちそれが瘡蓋になり、自ずから剝がれ落ちないうちに、無理やり傷口を剝がそうとする政治が進行している。建氏は、辺野古崎から昇る赤々とした「初日」に、沖縄の何重もの痛みを見る。

5

さて、本書には沖縄以外にも日本国内や世界に飛び立って作られた俳句が収められている。

例えば次の二句は台湾での作である。

霧割れて日月潭のみどりの瞳　　Ⅰ章
霧のコート脱いで裸身の日月潭　　〃

台湾のほぼ中央に位置する「日月潭（リーユエタン）」は、湖の北側が太陽（日）の形、南側が月の形をしていることが名称の由来。「潭」は水を深くたたえた所の意。一句目の「みどりの瞳」、二句目の「裸身」ともに、既に述べた、建氏の優れた身体感覚が垣間見える。

伝統俳句的な俳句の作り方では、海外で俳句を詠むときに季語が足かせになって窮屈になりがちであるが、季語や定型を柔軟に取り入れる建氏の作風は、海外の景を無理なく俳句にする。それは沖縄という日本本土を相対化する場所で作句されてきた、自然のなりゆきだろう。俳句が世界各地の言語で作られ親しまれる現在、俳句の多様性を認め合う時代が到来している。

このように世界に羽ばたく建氏の俳句の想像力は、地球を飛び出して宇宙の天体へと向かってゆく。

Ⅷ章

オリオン座横倒しなら俺の帆よ

タイトルとなった句。オリオン座は、三つ星の上下に明るい星が二つずつ位置し、冬の南方の空で見つけやすい。三つ星マークのオリオンビールの商標からも、夜空に輝く様が沖縄の人々に親しまれてきたことがわかる。この句のオリオン座は、これまで述べてきたように建氏の想像力によって「横倒し」にされ、「俺の帆よ」と建氏の心象の海を渡る帆船に掲げられる。松尾芭蕉は〈荒海や佐渡によこたふ天の河〉と詠み、沖に臨む佐渡島と陸に佇む芭蕉の間の荒海、天上の天の川という雄大な景を一句で表現した。また金子兜太は〈果樹園がシヤツ一枚の俺の孤島〉と、一句によって果樹園に「俺の孤島」を現出させた。

現代沖縄の俳人・建氏は、オリオン座煌めく夜空の下、沖縄の海に心象の「俺の帆」を張り、豊穣の海風を集めて「俺の」船を進めてゆく。

最後に、俳句同人誌「天荒」の発行人のバトンを野ざらし延男氏から託された、おおしろ建氏の益々のご健勝をお祈りし、擱筆したい。

＊参考　『沖縄コンパクト事典』（琉球新報社編）

# あとがき

句集『俺の帆よ』は、私の第二句集である。第一句集『地球の耳』が一九九四年発行であるから、もう三十年が経つ。途中、何度か句集発行をと思ったが、忙しさにかまけ、怠け癖まで浮上し、うまくいかなかった。そうこうしている間に、家庭内ライバルの妻が「もう待てない」ということで先に第二句集・おおしろ房句集『霊力《セジ》の微粒子』（二〇二一年・コールサック社）を発行した。ライバルに二歩ほど遅れをとってしまった。

一九八三年に母校の宮古高校に赴任したら、そこに俳人の野ざらし延男先生が居られた。生徒への俳句の指導はもちろん、職員や地元での俳句指導を精力的に行っていた。その姿勢に、この方は本物であると思い、野ざらしの門を叩いた。今は、夫婦で後を追っかけている。

野ざらし先生は各赴任先の高校で「生徒と教師の合同句集」や「高校生句集」を二十冊近く発行している。その俳句指導をまとめた著書『俳句の弦を鳴らす――俳句教育実践録』（二〇二〇年）を発行。さらには、沖縄の「俳句革新」の実践録である『俳句の地平を拓く――沖縄から俳句文学の自立を問う』（コールサック社）という五百頁近くの大書を二〇二三年に発行。

一九八二年に「天荒俳句会」を発足した野ざらし先生は、一九九八年に俳句同人誌『天荒』を創刊。年三回発行で現在七十八号まで発行。私たち夫婦は「天荒俳句会」の同人仲間でもある。その『天荒』誌が全国俳誌協会の第七回「編集賞特別賞」（二〇一七年）を受賞したのは野ざらし代表だけでなく、同人の大きな励みになった。

二〇二三年に「天荒俳句会」の代表・発行・編集を担っていた野ざらし延男先生が退いた。「詩魂が衰えたわけでなく、執筆活動の時間が欲しい」との意向である。代表をおおしろ建。編集長を山城発子さんが担うことになった。「新しい俳句の地平を拓く」俳句革新の精神がどこまで受け継ぐことができるか、不安は尽きないが天荒同人の仲間と共に頑張りたい。大きな視野で物事を見つめ、新しい発見ができればと思っている。

四十年以上も不肖の弟子である私を見放さずにご指導していただいた野ざらし延男先生、いつも温かく見守ってくれた天荒俳句会の仲間に支えられて、何とか生き延びてきたという感じがします。今は成人している三人の子供たちからもエールをもらった。感謝、感謝です。

第二句集を出版するにあたり、身に余る解説を書いていただいた鈴木光影様、そして多くのアドバイスをしてくれたコールサック社の鈴木比佐雄様には深く感謝申し上げます。

二〇二四年五月

おおしろ建

著者略歴

## おおしろ建（おおしろ　けん）

本名（大城健・おおしろ　たけし）
１９５４年、沖縄県宮古島市伊良部島生まれ。元・高校教員。
１９８３年宮古高校採用（野ざらし延男と出会い俳句を始める）
与勝高校　開邦高校　那覇高校　南部農林高校　真和志高校　浦添高校

《所属・活動》
「天荒俳句会」同人（１９８２年発足・野ざらし延男代表）。２０２３年代表に就任。
（１９９８年11月　俳句同人誌「天荒」創刊　編集委員　年３回発行　現在78号発行）
詩と批評「ＫＡＮＡ」同人（１９９７年発足・高良勉代表）。現在30号発行。
「現代俳句協会」会員。
「俳句時評」担当（沖縄タイムス紙面で月１回・２００３年７月～２０１３年３月）
「タイムス俳壇」選者（沖縄タイムス紙面で月１回・２０１３年４月～現在）

《著書》
句集『地球の耳』（1994年1月・脈発行所）
詩集『卵舟』（2012年4月・出版舎Mugen）
《表彰・受賞歴》
1995年　第29回沖縄タイムス芸術選賞 奨励賞（文学部門・俳句）
2010年　「学校図書館功労者表彰」　主催：全国学校図書館協議会
2014年　平成26年度沖縄県教育関係職員表彰「功労者部門表彰」
主催：沖縄県教育委員会
2015年　「表彰状」（青少年読書感想文コンクールの功績）
主催：全国学校図書館協議会・毎日新聞社
2015年　第52回沖縄タイムス教育賞〈学校教育部門〉
2015年　沖縄県高等学校文化連盟　功労賞（文芸・図書専門部の功績）
主催：沖縄県高等学校文化連盟
【現住所】
〒903-0812　沖縄県那覇市首里当蔵町2丁目57番地

石炭袋

句集　俺の帆よ

2024年6月23日初版発行
著　者　　　　おおしろ建
編集・発行者　鈴木比佐雄
発行所　株式会社 コールサック社
〒173-0004　東京都板橋区板橋2-63-4-209
電話 03-5944-3258　FAX 03-5944-3238
suzuki@coal-sack.com　http://www.coal-sack.com
郵便振替　00180-4-741802
印刷管理　（株）コールサック社　制作部

装幀　松本菜央

落丁本・乱丁本はお取り替えいたします。
ISBN978-4-86435-616-9　C0092　￥2000E